The Wisdom of Ahmad Shah

An Afghan Legend

د احمد شاه پوهه

یوه افغاني افسانه

Retold by Palwasha Bazger Salam

بیاویونکي: پلوشه بزګر سلام

Some two hundred and fifty years ago the great King Ahmad Shah Durrani ruled Afghanistan. His magnificent empire extended from eastern Iran to northern India, and from the Amu Darya to the Indian Ocean.

Known to his people as Ahmad Shah Baba (Ahmad Shah, our Father), the king was an outstanding general and a just ruler.

نږد ې دوسوه او پنځوس کاله وړاندي لوی احمد شاه
دراني پر افغانستان باندې حکومت کاوه. د هغه شانداره
امپراطوري د ایران له ختیځ څخه د هندوستان تر شماله،
او د آمو له دریاب څخه د هندوستان تر سمندره غزیدلې وه.

دا ټولواک د خپلو خلکو په منځ کې د احمد شابابا
(احمد شاه زمونږ پلار) په نوم پیژندل کیږي، دغه پاچا
بې ساری جنرال او عادله حکمران و.

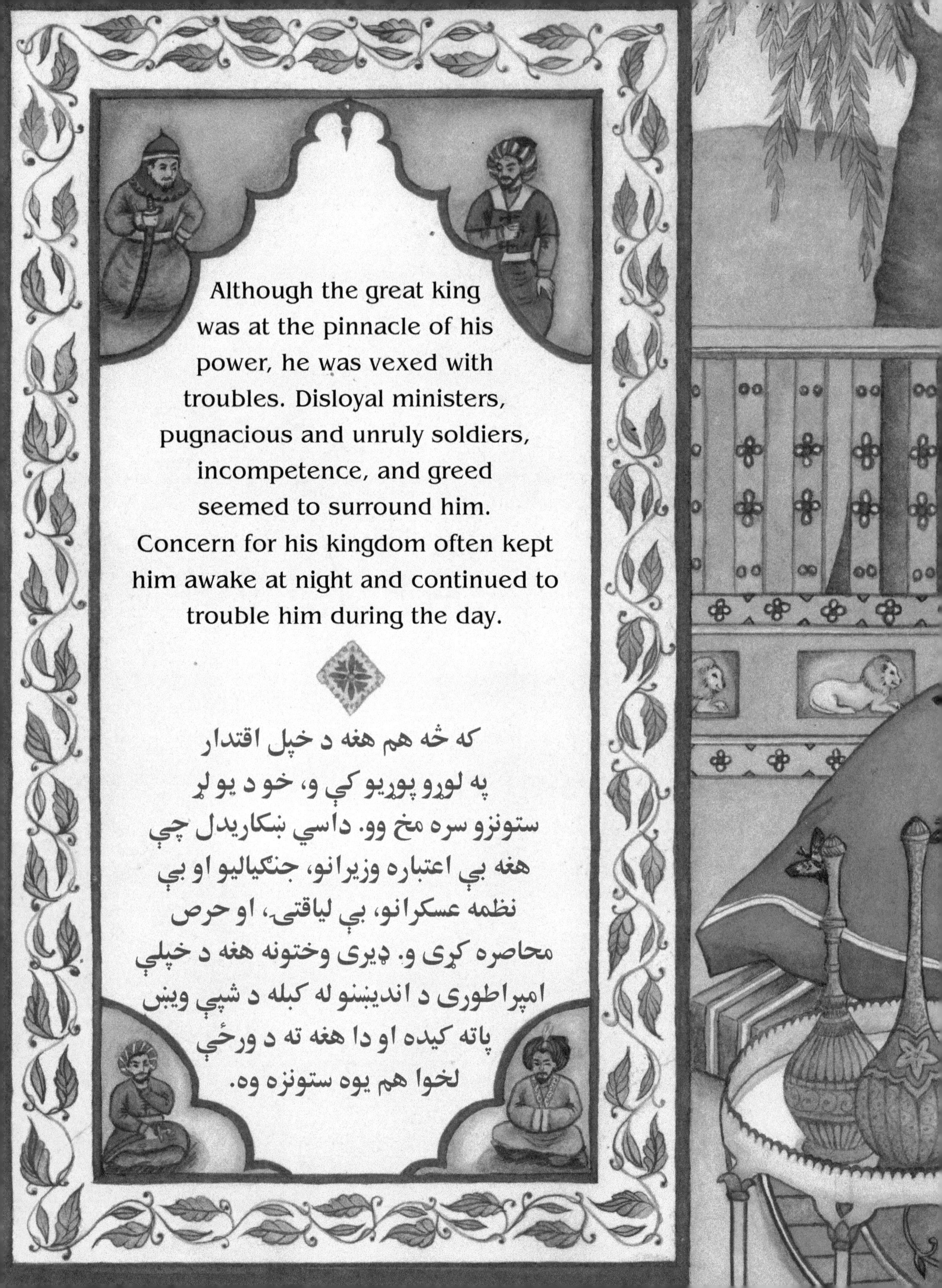

Although the great king
was at the pinnacle of his
power, he was vexed with
troubles. Disloyal ministers,
pugnacious and unruly soldiers,
incompetence, and greed
seemed to surround him.
Concern for his kingdom often kept
him awake at night and continued to
trouble him during the day.

که څه هم هغه د خپل اقتدار
په لوړو پوړيو کې و، خو د يو لړ
ستونزو سره مخ وو. داسې ښکاريدل چې
هغه بې اعتباره وزيرانو، جنګياليو او بې
نظمه عسکرانو، بې لياقتۍ، او حرص
محاصره کړی و. ډيری وختونه هغه د خپلې
امپراطوری د انديښنو له کبله د شپې ويښ
پاته کيده او دا هغه ته د ورځې
لخوا هم يوه ستونزه وه.

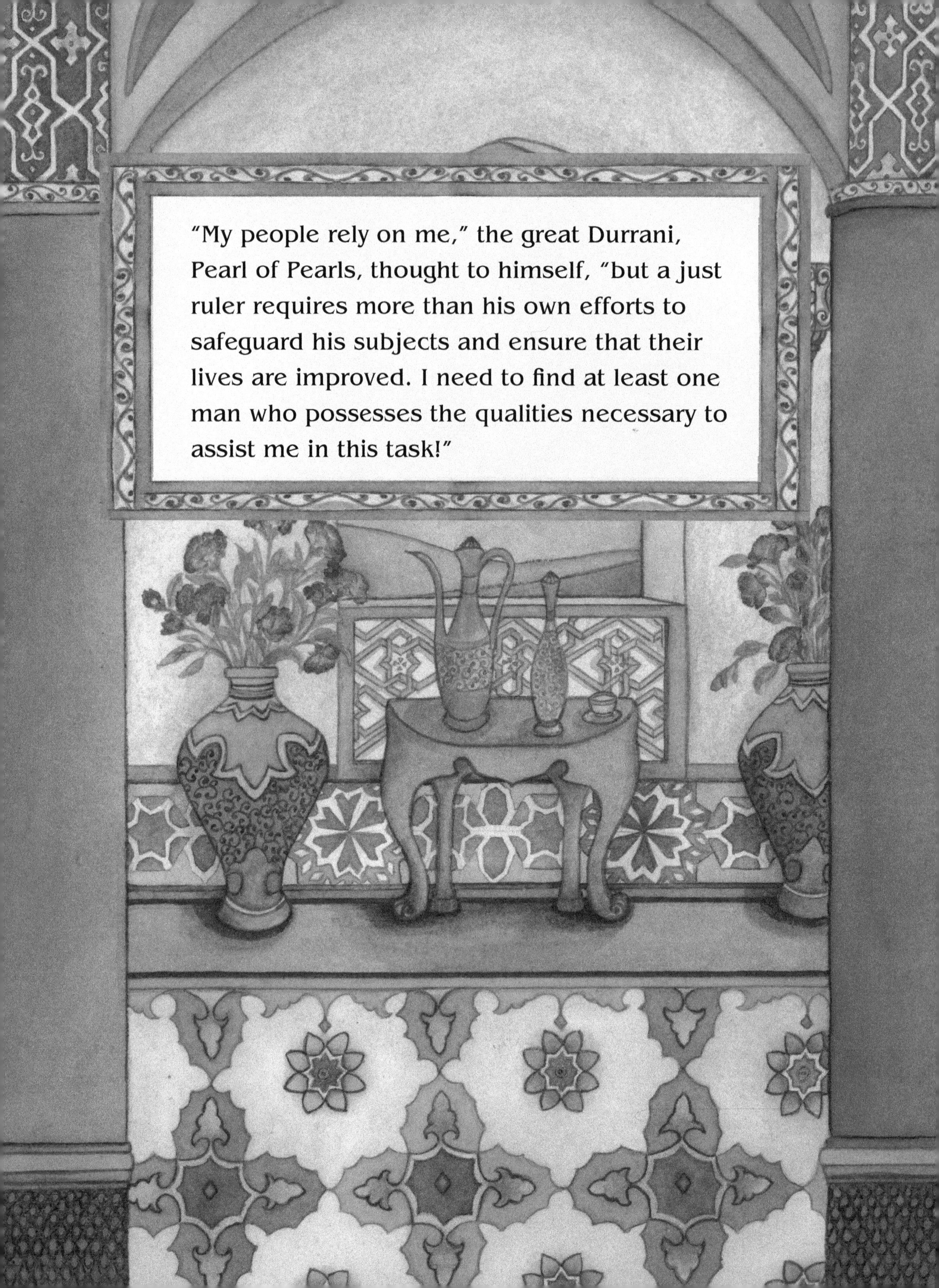

"My people rely on me," the great Durrani, Pearl of Pearls, thought to himself, "but a just ruler requires more than his own efforts to safeguard his subjects and ensure that their lives are improved. I need to find at least one man who possesses the qualities necessary to assist me in this task!"

لوی دراني، د ملغلرو ملغلرې، له
ځان سره فکر وکړ، ”زما خلک پر ما
باندې تکیه کوي، نو د خپلو وګړو د
خوندیتوب لپاره او د هغوی د ژوند
د ښوالي د مطمین کېدو لپاره، یو
عادل پاچا د خپلو هڅو په څنګ کې
نورو شیانو ته هم اړتیا لري. زه باید لږ
تر لږه یو څوک پیدا کړم هغه څوک
چې د اړتیا وړ لیاقت ولري ترڅو پدې
دنده کې زما سره مرسته وکړي!“

One day Ahmad Shah stood at a palace window gazing beyond the citadel walls to the bazaar below. He saw men and women bustling in crowds, some with loaded donkeys, others with camels, and yet others dragging carts of goods to sell. He saw people sample merchandise and haggle prices; he saw gossipmongers and storytellers, children playing in and out of stalls, people arguing, joking, shouting, and laughing as they went about their day.

یوه ورځ احمد شاه د ارګ له کړکۍ
سره ولاړ و او د ارګ د دیوالونو هغه
خوا یې لاندې بازار ته کتل. هغه
سړي او ښځې ولیدل چې په بازار
کې یې ګڼه ګوڼه جوړه کړې ده،
ځینې د بارلرونکو خرو، او ځینې د
اوښانو سره وو، او ځینو د خرڅلاو
لپاره د مالونو کراچی کښولې. همدا
راز هغه خلک یې ولیدل چې مالونه
یې کتل او د قیمتونو لپاره یې چنې
وهلې؛ هغه آوازه خپرونکي او د
کیسو ویونکي، کوچنیان چې د
غوجلو دننه او بهر یې لوبې کولې،
خلک چې په خپل منځ کې په
خبرو، ټوکو، چغو وهلو، خندیدلو او
ورځنیو کارونو بوخت وو ولیدل.

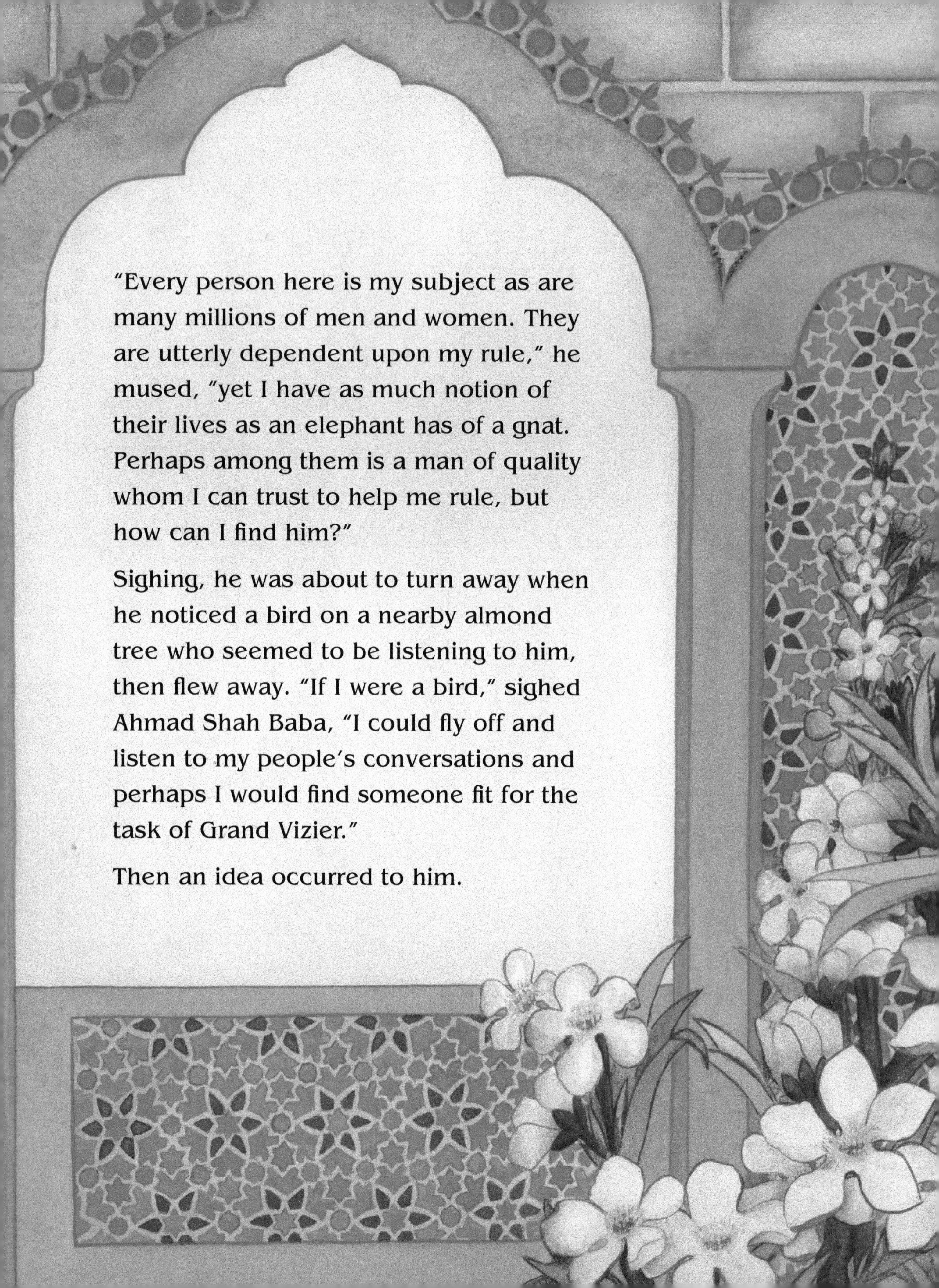

"Every person here is my subject as are many millions of men and women. They are utterly dependent upon my rule," he mused, "yet I have as much notion of their lives as an elephant has of a gnat. Perhaps among them is a man of quality whom I can trust to help me rule, but how can I find him?"

Sighing, he was about to turn away when he noticed a bird on a nearby almond tree who seemed to be listening to him, then flew away. "If I were a bird," sighed Ahmad Shah Baba, "I could fly off and listen to my people's conversations and perhaps I would find someone fit for the task of Grand Vizier."

Then an idea occurred to him.

هغه له ځان سره فکر وکړ، ”دلته هر څوک او په میلیونونو نور نارینه او میرمنې زما وګړي دي. هغوی ټول زما د حکم پورې تړلي دي،“ ”خو زما فکر د هغوی د ژوند په اړوند دومره محدود دی لکه د یو فیل فکر د یو ماشي په اړوند. ښايي د دوی په منځ کې به یو لایقه سړی وي، چې زه په اعتماد وکړای شم، چې زما سره به مرسته وکړای شي، خو څرنګه کولای شم چې هغه سړی پیدا کړم؟“

هغه ژوره ساه واخیسته، غوښتل یې چې مخ واړوي، پدې وخت کې یې د بادام په نږدې ونه کې یوه مرغۍ ولیدله، او داسي لکه هغه ته چې یې غوږ نیولی وي، او بیا والوتله. احمد شاه بابا له ځان سر فکر وکړ، ” که زه مرغۍ وای، ما به کولای شول چې والوځم او د خپلو خلکو خبرې واورم او کیدای شول چې د صدراعظمۍ دندې لپاره یو څوک پیدا کړم.“ پدغه وخت کې ورته یو فکر پیدا شو.

That afternoon Ahmad Shah slipped quietly from the palace gates disguised in the ragged clothes of a poor man. As he walked freely through the crowds, the stalls, and the shops, he watched and listened, absorbing the ways of his people.

پدغه ماسپښین احمد شاه په زړو کالیو کې د
بې وزله سړي په څیر د ارګ له دروازې پټ
ووت. چې په آزاده د خلکو په ګڼه ګوڼه کې،
د غوجلو، او دوکانونو تېرېده، هره خوا یې
کتل، د خلکو خبرو ته یې غوږ نیولی وو او د
هغو کړنې یې د سترګو لاندې څارلې.

Before long, he noticed a cobbler repairing a merchant's shoes. When the merchant left with the shoes, the young cobbler sat back, a radiant smile on his face. "Young sir," the king said, "may I ask what makes you so happy?"

"Why, sir, today I have fixed enough shoes to buy what I need for my dinner."

"But what would you do if you had no shoes to fix?" asked the king.

"I would trust in God and find another way to earn my food," replied the young man.

له لږ څنډ وروسته، هغه یو موچي ولید چې د یوه سوداګر بوټونه یې جوړول. کله چې سوداګر له خپلو بوټونو سره ولاړ، ځوان موچي پر شا تکیه وکړه، او په خوله یې د خوشحالۍ موسکا وځلېده. پاچا ورته وویل، "ځوان ښاغلی، آیا زه کولای شم وپوښتم چې ته څه دومره خوشحاله کړې؟"

"ښاغلی، نن ما ډېر بوټونه جوړ کړي دي او کولای شم د نن شپې لپاره خواړه واخلم."

پاچا پوښتنه وکړه، "که بوټونه نه وی چې جوړ کړي دې وای، نو څه به دې کړي وای؟"

ځوان سړي په ځواب کې وویل، "په الله مې توکل کاوه او د خوړو پیدا کولو لپاره به مې بله لاره لټولې وای."

Back at the palace, the king reflected on the cobbler's words. The next morning when the cobbler began to ply his trade, he heard that a new law had been decreed: it was now illegal for anyone to repair shoes.

Before the cobbler could decide what to do, he noticed an old woman struggling with a bucket of water, and he rushed to help her. "Young man, this is just the kind of assistance we need near this well," she said, and for his trouble she handed him a coin. So the former cobbler became a water-carrier and in that way earned enough money each day to buy himself something to eat.

ټولواک بیرته ارګ ته راستون شو، د موچي په خبرو یې فکر وکړ. بل سهار کله چې موچي پخپل کار پیل وکړ، هغه واوریدل چې د یو نوي قانون فرمان صادر شوی: چې له دې وروسته د نورو خلکو د پاره د بوټانو جوړول غیرقانوني دي.

مخکې له دې چې موچې د څه کولو پریکړه وکړي، یوه زړه ښځه یې ولیدله چې په ډېر زحمت د اوبو ډک سطل انتقالوي. هغه په بیړه د هغې مرستې ته ورغی. بوډۍ ښځې هغه ته وویل، "ځوانه، دا هغه مرسته ده چې د دې چینې په شاوخوا کې مونږ ورته اړتیا لرو،" او د دې کار په بدل کې یې هغه ته یوه روپۍ ورکړه. او پدې توګه پخوانی موچي د اوبو وړونکی شو او لدې لارې یې پوره پیسې لاس ته راوړې او کولای یې شول د ځان لپاره په خواړه واخلي.

A few days later, the king, once more disguised as a poor man, sought out the young man. "How are you faring now that the king has issued an edict against mending shoes?" he asked.

"Now I am a water-carrier," said the young man, "and trusting in God, I am able to buy the food I need."

The king left him and returned to the palace.

څو ورځې وروسته، پاچا، يو ځل بيا د بې وزله سړي په کاليو کې د ځوان په لټه کې شو. د هغه يې پوښتنه وکړه، "اوس چې پاچا د بوټونو جوړولو پر وړاندې فرمان صادر کړی ژوند دې څرنګه پرمخ ځي؟"

ځوان سړي وويل، "زه اوس د اوبو وړونکی يم، او د الله په توکل کولای شم ځان ته خواړه واخلم."

پاچا هغه پريښود او بيرته ارګ ته ستون شو.

Very soon there was another edict: it was now illegal for anyone to carry water for anyone else.

Two more days passed and the king in his disguise found the young man and asked, "How are you faring now that the laws of the land have changed once again to your disadvantage?"

"I trust in God and am a woodcutter now," said the young man. He explained that on the day after the proclamation, he had noticed an old man carrying wood on his back and had offered to help him. To his good fortune, the old man had hired him to be his assistant. "So all is well! I have enough money at the end of each day to buy the food I need."

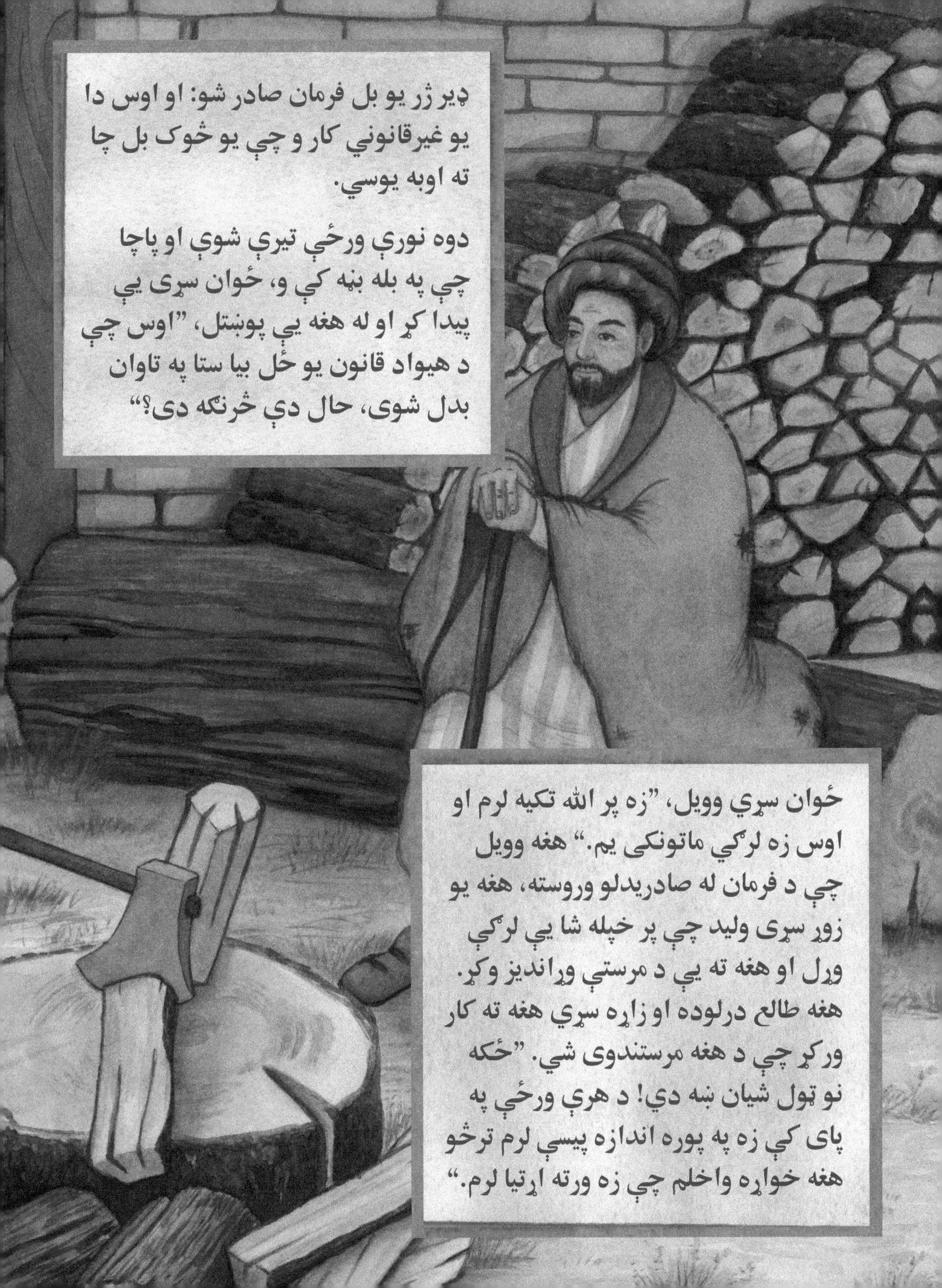
ډېر ژر يو بل فرمان صادر شو: او اوس دا
يو غيرقانوني کار و چې يو څوک بل چا
ته اوبه يوسي.
دوه نورې ورځې تېرې شوې او پاچا
چې په بله بڼه کې و، ځوان سړی يې
پيدا کړ او له هغه يې پوښتل، "اوس چې
د هېواد قانون يو ځل بيا ستا په تاوان
بدل شوی، حال دې څرنګه دی؟"
ځوان سړي وويل، "زه پر الله تکيه لرم او
اوس زه لرګي ماتونکی يم." هغه وويل
چې د فرمان له صادريدلو وروسته، هغه يو
زوړ سړی وليد چې پر خپله شا يې لرګې
وړل او هغه ته يې د مرستې وړانديز وکړ.
هغه طالع درلوده او زاړه سړي هغه ته کار
ورکړ چې د هغه مرستندوی شي. "ځکه
نو ټول شيان ښه دي! د هرې ورځې په
پای کې زه په پوره اندازه پيسې لرم ترڅو
هغه خواړه واخلم چې زه ورته اړتيا لرم."

The next day the young man was walking
towards the forest with other woodcutters when
Royal Guards suddenly surrounded them all.
"The great Ahmad Shah Durrani has ordered
that all woodcutters become palace soldiers for
the honor and glory of the realm, to serve his
royal command without pay or place to sleep,"
announced the captain.

بله ورځ خوان سړی له نورو
لرګیو وهونکو سره د ځنګله
په لور روان و، چې نابېره
سلطنتي محافظینو هغوی
ټول محاصره کړل. قوماندان
اعلان وکړ، "لوی احمدشاه
دراني د لرګیو ټولو وهونکو
ته امر کړی ترڅو د پاچاهۍ
د ویاړ او شان لپاره د ارګ
عسکر شي. هغوی باید د
معاش او د خوب له ځایه پرته
د پاچا د پاچاهۍ په ګارد کې
خدمت وکړي."

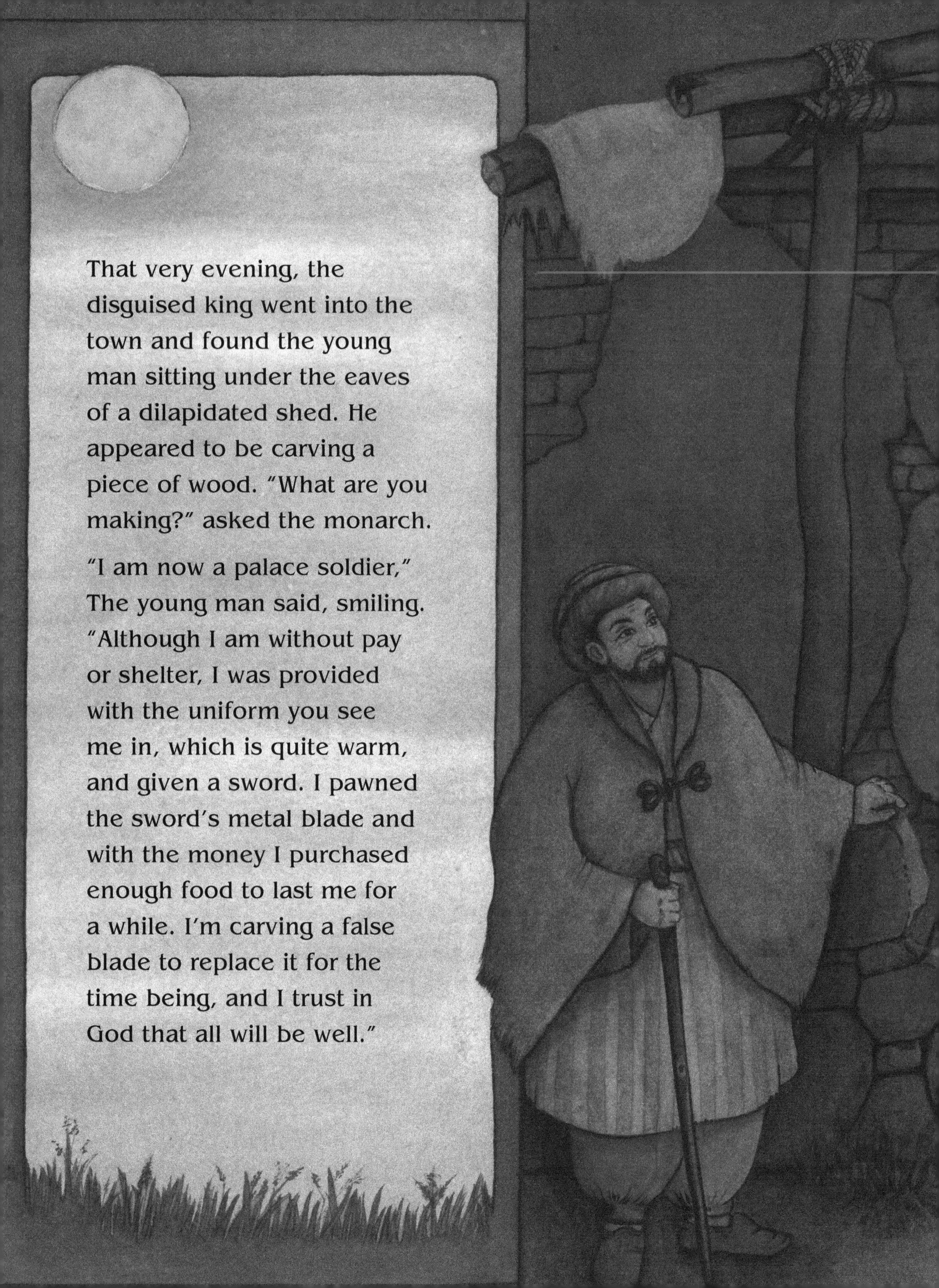

That very evening, the disguised king went into the town and found the young man sitting under the eaves of a dilapidated shed. He appeared to be carving a piece of wood. "What are you making?" asked the monarch.

"I am now a palace soldier," The young man said, smiling. "Although I am without pay or shelter, I was provided with the uniform you see me in, which is quite warm, and given a sword. I pawned the sword's metal blade and with the money I purchased enough food to last me for a while. I'm carving a false blade to replace it for the time being, and I trust in God that all will be well."

پدغه ماښام پاچاه په نورو کالیو
کې ښار ته ولاړ او ځوان سړی
یې پیدا کړ چې د یوې ورې
خرابې خونې تر دیوال لاندې
ناست و. داسې ښکاریدل چې
د لرګي یوه ټوټه یې توړله.
پاچا له هغه وپوښتل، ”ته څه
جوړوې؟“

ځوان سړي په موسکا ورته
وویل، ”زه اوس د ارګ عسکر
یم، که څه هم معاش او د خوب
خونه نلرم، خو ما ته دا یونیفورم
چې اغوستی مې دی، راکړ
شوی، چې ښه تود دی، او ما
ته یوه توره هم راکړ شوې.
ما د تورې تیغ د پیسو په بدل
کې ګرو کړ او پدغو پیسو مې په
پوره اندازه خواړه واخیستل
چې تر یوه وخت پورې به بس
وي. زه اوس د لرګي نه یو بل
تیغ جوړوم، چې د اصل تیغ پر
ځای یې کیږدم، په الله مې باور
دی چې هر څه به سم.“

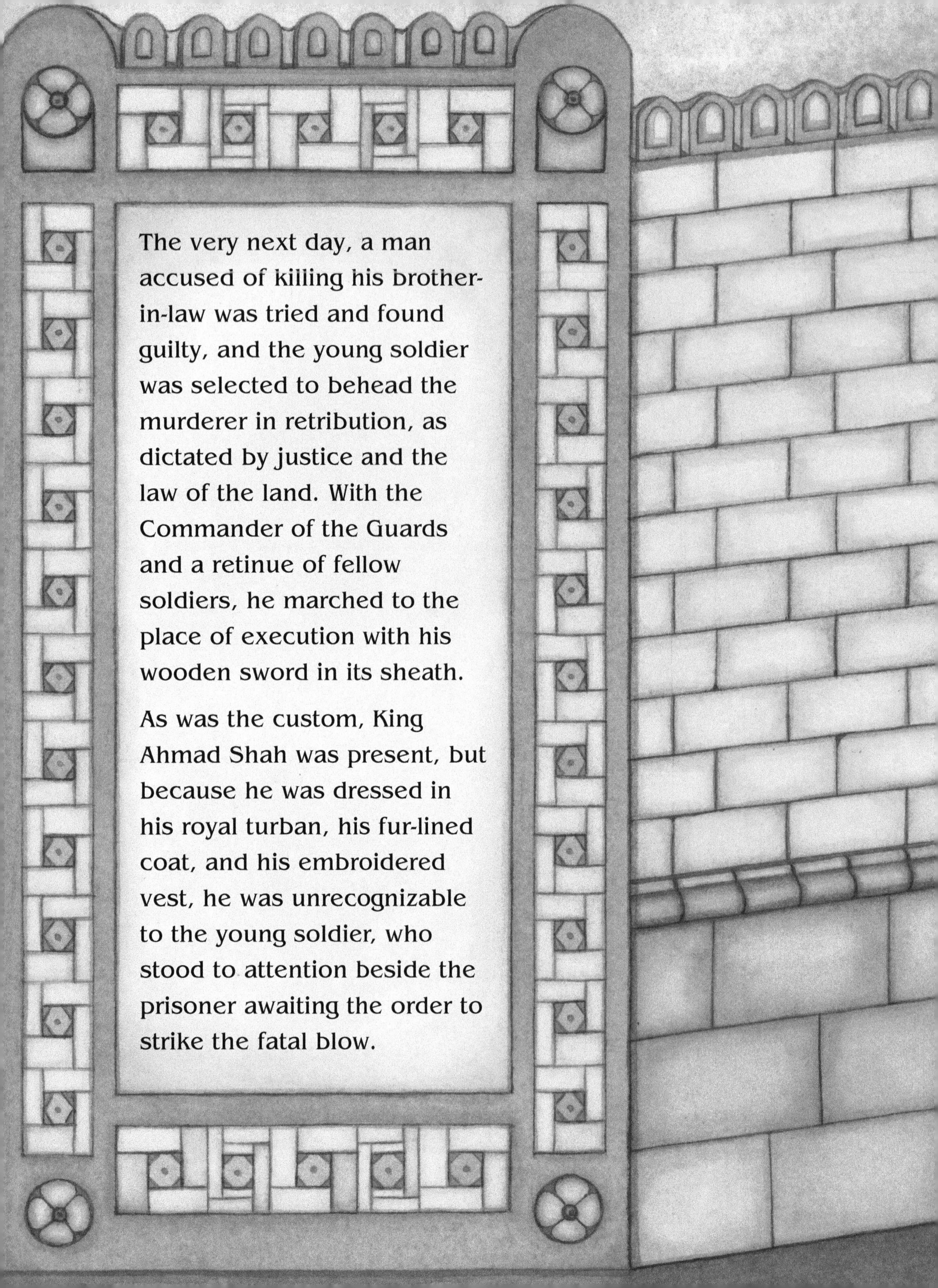

The very next day, a man accused of killing his brother-in-law was tried and found guilty, and the young soldier was selected to behead the murderer in retribution, as dictated by justice and the law of the land. With the Commander of the Guards and a retinue of fellow soldiers, he marched to the place of execution with his wooden sword in its sheath.

As was the custom, King Ahmad Shah was present, but because he was dressed in his royal turban, his fur-lined coat, and his embroidered vest, he was unrecognizable to the young soldier, who stood to attention beside the prisoner awaiting the order to strike the fatal blow.

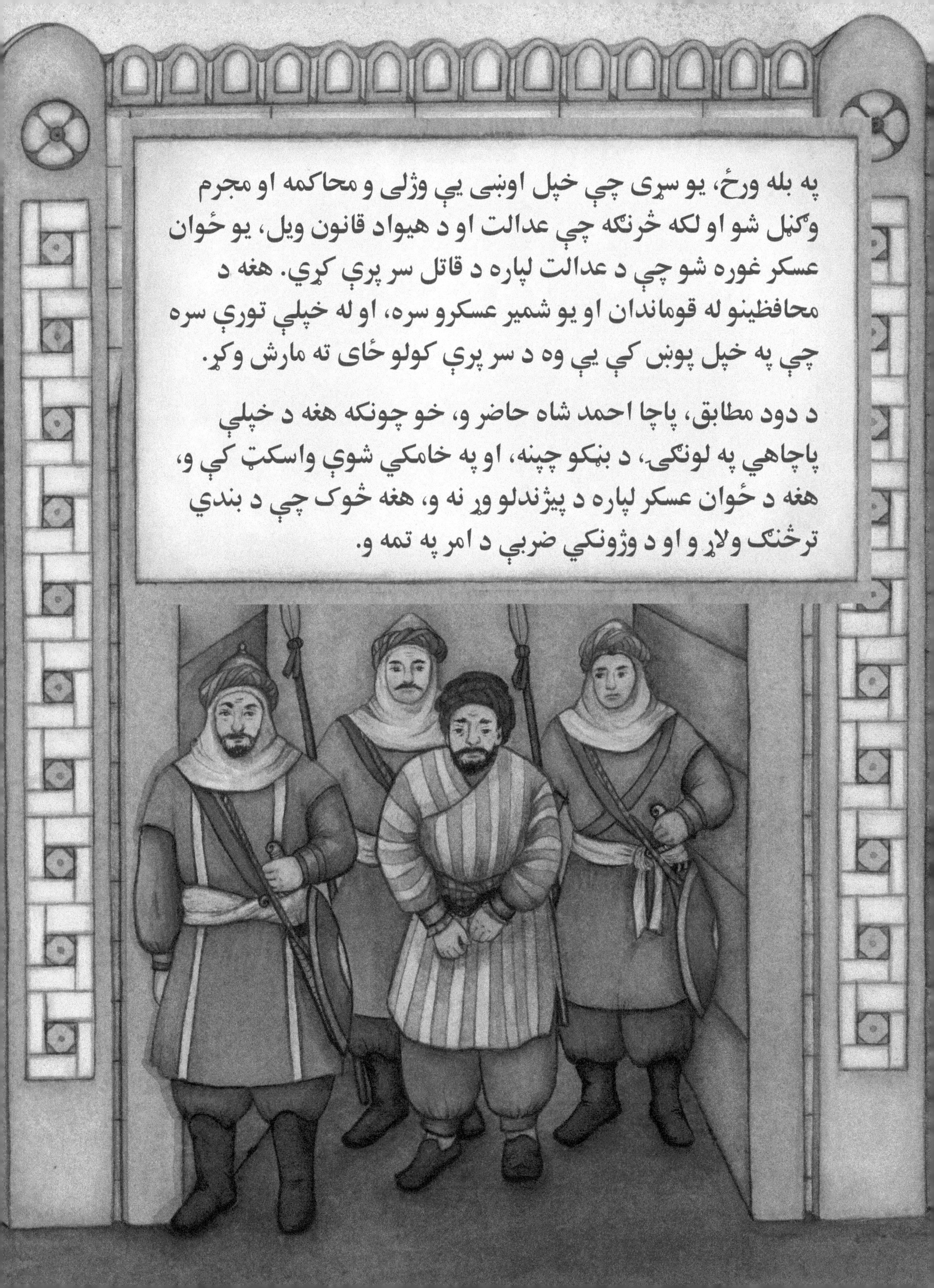
په بله ورځ، یو سړی چې خپل اوښی یې وژلی و محاکمه او مجرم
وګڼل شو او لکه څرنګه چې عدالت او د هیواد قانون ویل، یو ځوان
عسکر غوره شو چې د عدالت لپاره د قاتل سر پرې کړي. هغه د
محافظینو له قوماندان او یو شمیر عسکرو سره، او له خپلې تورې سره
چې په خپل پوښ کې یې وه د سر پرې کولو ځای ته مارش وکړ.
د دود مطابق، پاچا احمد شاه حاضر و، خو چونکه هغه د خپلې
پاچاهي په لونګۍ، د ښکو چپنه، او په خامکي شوې واسکټ کې و،
هغه د ځوان عسکر لپاره د پیژندلو وړ نه و، هغه څوک چې د بندي
ترخنګ ولاړ و او د وژونکي ضربې د امر په تمه و.

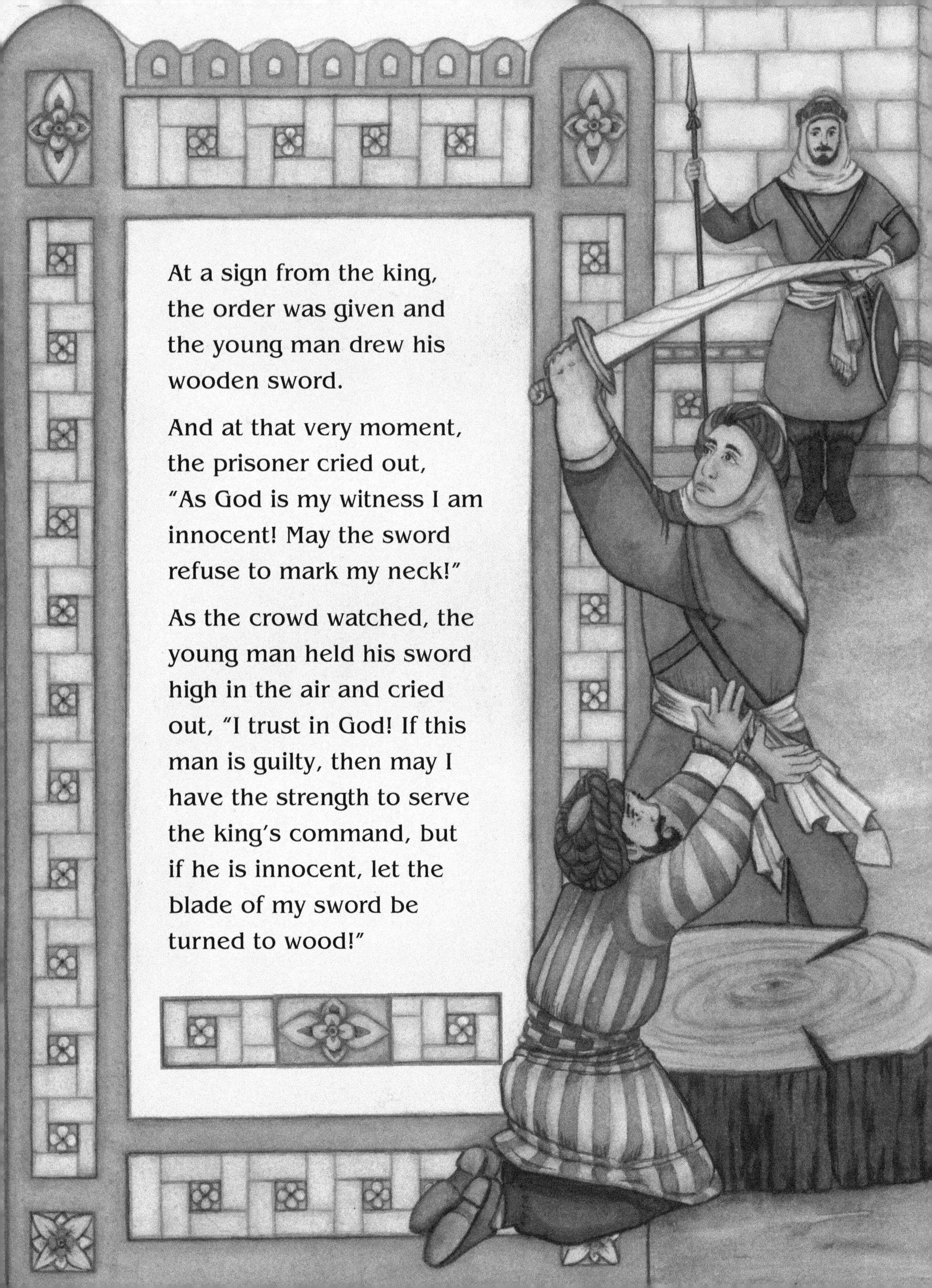

At a sign from the king, the order was given and the young man drew his wooden sword.

And at that very moment, the prisoner cried out, "As God is my witness I am innocent! May the sword refuse to mark my neck!"

As the crowd watched, the young man held his sword high in the air and cried out, "I trust in God! If this man is guilty, then may I have the strength to serve the king's command, but if he is innocent, let the blade of my sword be turned to wood!"

د پاچاه په یوې اشارې، امر صادر
شو او ځوان سړي خپله توره
را وایستله. او پدغه وخت کې،
بندي چغه کړه، "چې الله زما
شاهد دی زه بې ګناه یم! زما
هیله دا ده چې توره به زما مرۍ-
پرې نه کړای شي!"

لکه څرنګه چې خلکو کتل،
ځوان سړي خپله توره په هوا
کې پورته کړه او وې ویل، "زه
په الله باور لرم! که دا سړی
ګناهکاره وي، بیا نو زه هیله لرم
ترڅو ما ته دا قوت راکړ شي چې
د پاچا په امر عمل وکړم، خو که
هغه بې ګناه وي، نو زما د تورې
تیغ دې په لرګي بدل شي!"

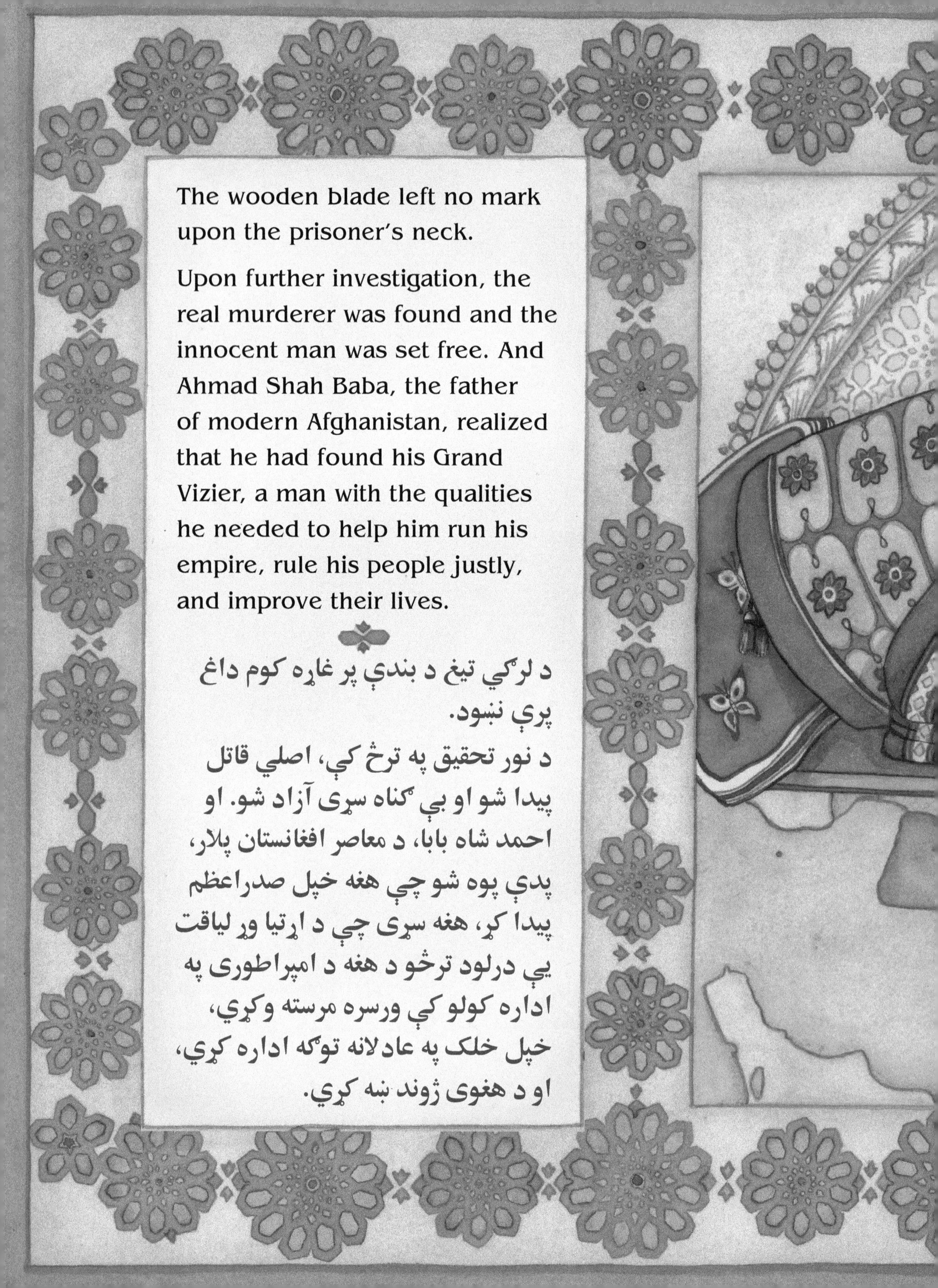

The wooden blade left no mark upon the prisoner's neck.

Upon further investigation, the real murderer was found and the innocent man was set free. And Ahmad Shah Baba, the father of modern Afghanistan, realized that he had found his Grand Vizier, a man with the qualities he needed to help him run his empire, rule his people justly, and improve their lives.

د لرګي تیغ د بندي پر غاړه کوم داغ پرې نښود.

د نور تحقیق په ترڅ کې، اصلي قاتل پیدا شو او بې ګناه سړی آزاد شو. او احمد شاه بابا، د معاصر افغانستان پلار، پدې پوه شو چې هغه خپل صدراعظم پیدا کړ، هغه سړی چې د اړتیا وړ لیاقت یې درلود ترڅو د هغه د امپراطورۍ په اداره کولو کې ورسره مرسته وکړي، خپل خلک په عادلانه توګه اداره کړي، او د هغوی ژوند ښه کړي.

AHMAD SHAH DURRANI (1722-1772)

Known as the father of modern Afghanistan, Ahmad Shah Durrani (formerly Ahmad Khan Abdali), was the first of the Saddozai rulers of Afghanistan and founder of the Durrani empire. He belonged to the Saddozai section of the Popalzai clan of the Abdali tribe of Afghans. In the 18th century the Abdalis were located chiefly around Herat. Under their leader Zaman Khan, father of Ahmad Khan, they resisted Persian attempts to take Herat until, in 1728, they were forced to submit to Nadir Shah. Recognizing the fighting qualities of the Abdalis, Nadir Shah enlisted them in his army.

Ahmad Khan Abdali distinguished himself in Nadir's service and quickly rose from the position of a personal attendant to the command of Nadir's Abdali contingent in which capacity he accompanied the Persian conqueror on his Indian expedition in 1739. In June 1747, Nadir Shah was assassinated by conspirators at Kuchan in Khurasan. This prompted Ahmad Khan and the Afghan soldiery to set out for Kandahar.

On the way they elected Ahmad Khan as their leader, hailing him as Ahmad Shah. Ahmad Shah assumed the title of Durr-i-Durran (Pearl of Pearls) after which the Abdali tribe were known as Durranis. He was crowned at Kandahar where coins were struck in his name.

With Kandahar as his base, he easily extended his control over Ghazni, Kabul and Peshawar. Rallying his Pashtun tribes and allies, he pushed east towards the Mughal and the Maratha Empire of India, west towards the disintegrating Afsharid Empire of Persia, and north toward the Khanate of Bukhara. Within a few years, he extended Afghan control from Khorasan in the west to Kashmir and North India in the east, and from the Amu Darya in the north to the Arabian Sea in the south.

Ahmad Shah's mausoleum is located at Kandahar, adjacent to the Shrine of the Cloak of Prophet Muhammad in the center of the city. The Afghans refer to him as Ahmad Shah Baba ("Ahmad Shah, the Father"). He is not only greatly admired by Afghans for his service and dedication to his people throughout his life, he is also honored as one of the best poets of Pashto language.

At Ahmad Shah's death in 1772, the Durrani Empire encompassed present-day Afghanistan, northeastern Iran, eastern Turkmenistan (around the Panjdeh oasis), the Kashmir region, the modern state of Pakistan and northwestern India, extending from the Oxus to the Indus and from Tibet to Khurasan. In the second half of the 18th century, the Durrani Empire was the second-largest Muslim empire in the world, after the Ottoman Empire.

He was a learned man and often held a **Majlis-e-Ulema** (Assembly of the Learned), which was attended by the best minds of his kingdom. They would discuss divinity, civil law, science and poetry. He appointed a Prime Minister and a Council of nine lifetime advisers who were leaders of the main tribes. In this way Afghanistan became a unified country under his rule.

احمد شاه دراني (۱۷۲۲ - ۱۷۷۲)

احمد شاه دراني (چې پخوا احمد خان ابدالي و) د افغانستان د بابا په نوم پيژندل کيږي، هغه د افغانستان له سدوزايي حکمرانانو څخه لومړی حکمران او د دراني امپراطوری موسس و. هغه د افغانستان د ابدالي د پوپلزيو د قوم د سدوزيو په څانګې پورې اړوند و. په ۱۸مه پيړی کې ابداليان تر ډيري کچې په هرات کې ميشت و. د خپل مشر زمان خان تر مشری لاندې، چې د احمد خان پلار و، هغوی تر ۱۸۲۸ پورې د فارسيانو د هڅو پر وړاندې ترڅو هرات ونيسي، مقاومت وکړ، هغوی د نادرشاه پر وړاندې تسليم شول. نادرشاه د ابداليانو د جنګ لياقت وپيژند او هغوی يې په خپل اردو کې وګمارل.

احمد خان ابدالي د نادرخان په خدمت کې خپل ځان ځانګړی کړ او ډير ژر له شخصي مرستندوی څخه د نادر د ابدالي ډلې د قوماندان دندې ته ترفيع وکړه او پدغه دنده کې هغه د فارس له فاتح سره په ۱۷۳۹ او ۱۷۴۷ کې په هندوستان باندې د يرغل په وخت کې ورسره ملګری و، نادرشاه د خراسان په کوشان کې ووژل شو. او دې کار احمد خان او افغان عسکر وهڅول ترڅو د کندهار په لور روان شي.

د کندهار په لور هغوی احمدخان د خپل مشر په توګه وټاکه، او د هغه نوم يې احمد شاه کيښود. احمد شاه د در دران (د مرغلرو مرغلرې) نوم غوره کړ، او لدې وروسته د ابدالي قوم د دراني په نوم ياديږي. په کندهار کې د هغه پر سر باندې تاج کيښودل شو او سکې يې په نوم ضرب شوې.

د کندهار له پلازمينې څخه، هغه په اسانۍ خپل کنترول د غزني، کابل او پيښور پر لور وغزاوو. د خپل قوم او متحدينو په راټولولو سره، هغه د ختيځ په لور د مغلو او د هندوستان د مراټه امپراطوری خوا ته، لويديځ لور د افشاريانو د فارس د له منځه تلو په حال کې د امپراطوری خوا ته او شمال لور ته د بخارا د خانانو خوا ته تګ پيل کړ. په يو څو لږو کلونو کې، هغه په لويديځ کې له خراسان څخه تر کشميره او په ختيځ کې د هندوستان تر شماله، او په شمال کې د آمو تر دريابه او په جنوب کې د عربو تر بحيرې پورې د افغانانو کنترول وغزاوه.

د احمد شاه مقبره په کندهار کې د حضرت محمد (ص) د مبارکې خرقې څنګ ته د ښار په مرکز کې موقعيت لري. افغانان هغه د احمد شاه بابا په نوم پيژني.

د احمد شاه د مړينې په وخت په ۱۷۷۲ کې، د درانيانو په امپراطوری کې اوسنی افغانستان، د ايران شمال ختيځ، د ترکمنستان ختيځ (د پنجدې شنو ځنګونو شاوخوا)، د کشمير ساحه، اوسنی پاکستان او د هندوستان شمال ختيځ، له آمو تر اندوسه او له تبت تر خراسانه شامل و. د ۱۸مې پيړۍ په دويمه نيمايي کې، د درانيانو امپراطوری د عثمانيانو له امپراطوری وروسته په نړۍ کې د مسلمانانو دويمه لويه امپراطوري وه.

احمد شاه بابا چې د عصري افغانستان د پلار په نوم ياديږي، نه يوازې افغانان په ټول ژوند کې د هغه پر خدماتو او زيار له کبله پر هغه وياړي، هغه د پښتو ژبې د يوه ډير ښه شاعر وياړ هم لري. هغه زده کړه کړې وه او ډيری وختونه يې د عالمانو غونډه (د پوهانو غونډه) جوړوله، او پدغه غونډه کې د هغه د پاچاهی تر ټولو ښه متفکرينو برخه اخيستله. هغوی به په مذهبي مسلو، مدني قانون، علم او شاعری خبري کولې. هغه يو صدراعظم او د اصلي قومونو له مشرانو څخه يې د ټول ژوند لپاره د نهو کسانو يوه شورا وټاکله. پدغه توګه د هغه د حکمرانی په وخت کې افغانستان يو متحدهيواد وو.

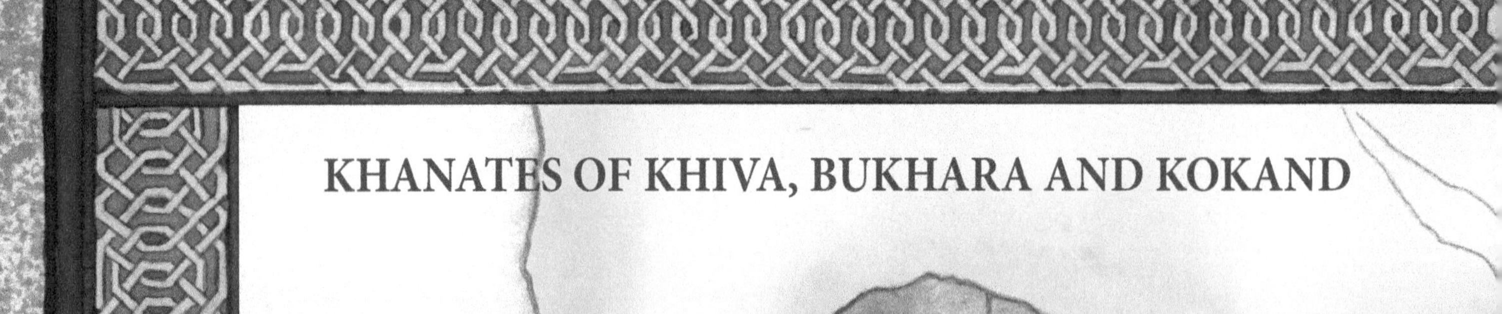

THE DURRANI EMPIRE OF AFGHANISTAN 1772

د افغانستان د درانیانو امپراطوري ۱۷۷۲ کې

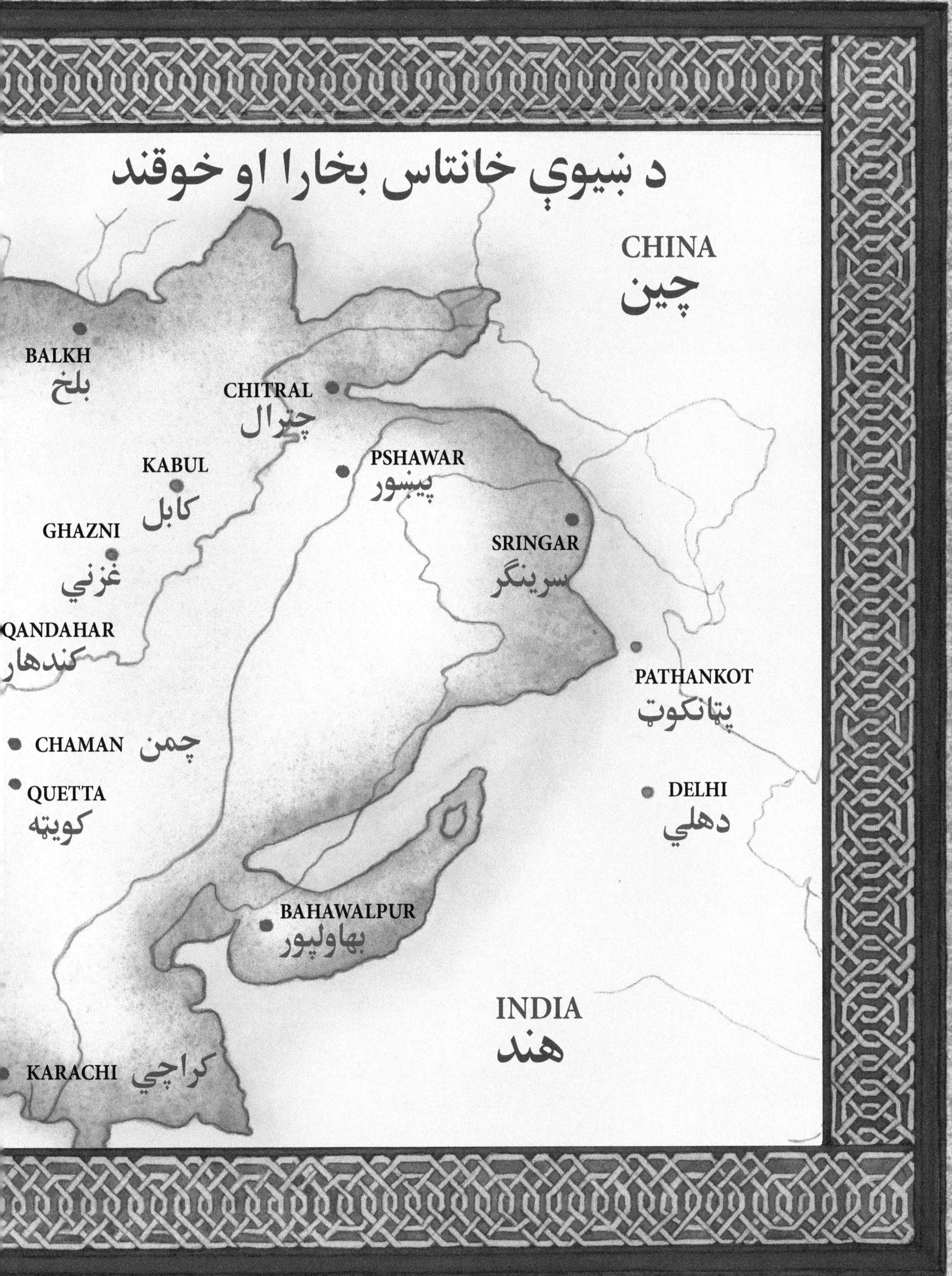

د ښیوې خانتاس بخارا او خوقند

CHINA
چین

BALKH
بلخ

CHITRAL
چترال

KABUL
کابل

PSHAWAR
پېښور

GHAZNI
غزني

SRINGAR
سرینګر

QANDAHAR
کندهار

PATHANKOT
پټانکوټ

CHAMAN چمن

QUETTA
کوټه

DELHI
دهلي

BAHAWALPUR
بهاولپور

INDIA
هند

KARACHI کراچي

SUGGESTED READERS' DISCUSSION POINTS

1. The extent of the Durrani Empire at Ahmad Shah's death is shown on the map on the previous two pages. This is an historical fact. What is the difference between an historical fact and a legend?

2. Why do you think legends exist?

3. What qualities do you think the young woodcutter has? See if you can come up with at least five qualities.*

4. How were these qualities useful for (a) the woodcutter and (b) King Ahmad Shah?

5. Would these qualities be useful for your own life – why do you think so?

6. Give examples of situations where each of the qualities you think the young man has could be useful for you at home, in school, and/or in your future life as an adult.

7. What qualities do you think King Ahmad Shah has? See if you can come up with at least five qualities.**

8. What qualities do you think you would need to lead your country today?

9. One of the sayings attributed to the Prophet Mohammad is "Tie your camel first, then put your trust in God." What does this mean to you, and do you think the woodcutter adhered to this advice? Explain your reasons.

(*Examples of appropriate qualities for the woodcutter are: patience, perseverance, courage, generosity, integrity, optimism, faith, intuition.)

(**Examples of Ahmad Shah's qualities are: sagacity, perceptiveness, intelligence, empathy, intuition, courage, humility, faith, resolve, fairness and responsibility.)

د ویونکو د خبرو لپاره اختیاري ټکي:

۱. د احمد شاه د مړینې په وخت کې د درانیانو د امپراطورۍ اندازه د مخکینۍ پاڼې په نقشې باندې ښودل شوې. دا یو تاریخي حقیقت دی. د تاریخي حقیقت او افسانې تر منځ څه توپیر دی؟

۲. تاسي څه فکر کوئ چې ولي افسانې شتون لري؟

۳. تاسي څه فکر کوئ چې لړکي ماتونکی کومې ځانګړتیاوي لري؟ وګورئ که تاسي وکولای شی پنځه ځانګړتیاوي ولیکلی.*

۴. دغو ځانګړتیاو څرنګه ګټه درلوده (الف) د لړکي ماتونکي لپاره او (ب) د پاچا احمد شاه لپاره؟

۵. آیا دا ځانګړتیاوي به ستاسي پخپل ژوند کې ګټورې وي، تاسي ولي دا فکر کوئ؟

۶. هغې بیلګې ولیکلی چې تاسي فکر کوئ هغه ځانګړتیاوي چې ځوان سړی لري او کیدای شي هغه به ستاسي لپاره په کور، په مکتب، او/یا ستاسي په راتلونکي ژوند کې د یوه بالغ کس په توګه ګټورې وي.

۷. تاسي څه فکر کوئ چې څه ځانګړتیاوي پاچا احمد شاه لري؟ وګورئ که تاسي وکولای شی پنځه ځانګړتیاوي ولیکلی.**

۸. په اوس وخت کې به تاسي کومو ځانګړتیاوو ته اړتیا ولرئ ترڅو د خپل هیواد مشري وکړئ؟

۹. د حضرت محمد (ص) له حدیثونو څخه یو دا دی چې لومړئ خپل اوښ وتړه، او بیا په الله باندې تکیه وکړه. دا ستاسي لپاره څه معنی لري؟ آیا تاسي فکر کوئ چې لړکي ماتونکی پدغه حدیث باندې عمل کړئ؟ خپل دلیلونه تشریح کړئ.

(*د لړکي ماتونکی د ځانګړتیاوو بیلګې صبر، مقاومت کول، میړانه، سخاوت، ایمانداري، هیله، ایمان، او درک دي).

(** د احمد شاه ځانګړتیاوي دا دي: هوښیاري، پوهیدنه، استعداد، خواخوږي، درک، میړانه، تواضع، قاطع، عادل، او مسولیت).

Registration Number: TXu001938726
First English Hardback Edition 2015 - ISBN: 978-1-942698-06-7

First English Paperback Edition 2015

This English-Pashto Paperback Edition 2017
Published by Hoopoe Books in partnership with Khatiz Organization for Rehabilitation (KOR)

Hoopoe Books,
a division of
The Institute for the Study of Human Knowledge
171 Main St. #140
Los Altos
CA 94022, USA
www.hoopoebooks.com

د هوپو کتابونو، غږیزو موادو او د ښوونکو لارښودونو اړوند
نورو معلوماتو لپاره لطفاً په دې پتو زموږ سره په اړیکه کې شئ:
ختیځ بیارغونې موسسه (کور)،
پست بکس شمیره ۴۰۲۰ کارته چهار، کابل، افغانستان
د ټلیفون شمېرې: ۰۰۹۳ ۷۴۴۷۴۴۹۲۸، ۰۲۰۲۵۰۲۲۲۲
برېښنالیک: korkbl@yahoo.com

ISBN: 978-1-944493-64-6

This Afghan story is well known in Central Asia and in Europe. It can be found in a number of anthologies and under various names. For example, a version called "The Wooden Sword" is found in "Wisdom Tales from Around the World" by Heather Forest and in "Learning How to Learn" by Idries Shah, the retelling is called "The King and the Woodcutter."

CPSIA information can be obtained
at www.ICGtesting.com
Printed in the USA
BVHW020252221122
652432BV00005B/56